# 毛蟲怪

## 奇幻冒險旅程

### 第三部曲 未來城市

陳怡薰 文／Joanna Hsu 圖

# 推薦序

　　從人類發跡以來，歷經多次的天災與病毒干擾著不同的世代，人類和動物都在生存與抗病裡一再書寫著不同的故事，近年來從 921 地震，海地和日本各國災變再到 SARS 和 COVID-19 這些病毒傳播影響著多少人的生活，童書裡也有突發的病毒和怪獸干擾著毛蟲們，這些毛蟲是否就像渺小的人類一樣要一直對抗挫折和遷居異變等疑難雜症，藉由繪畫和文字讓孩子們感受世界是很好的事，推薦給家長們與你的孩子共同閱讀。

　　　　　　　　　　朱延平　國際知名大導演
　　　　　　　　　　　　　　　朱延平推薦

# 目錄

# 2145 年未來城市　擺擺人角色介紹

## 擺擺人大頭指揮官

頂著大大的頭，個性嚴肅不苟言笑，做事快速有條理，
常坐在空中飛車裡巡視城市，喜歡巡邏的威權感，涉
入科技基因實驗計畫，因而捲入金錢風波。

## 粉紅擺擺人拉拉

原先與母親居住於空中基地，但母親因環境變異病毒
感染而死亡，拉拉與大頭指揮官相依為命，極受寵愛。
她喜愛閱讀探索新世界，個性熱情友善，最喜歡到處
倒立，連跟她父親講話時都倒立著。

**毛頭擺擺人**

個性逗趣喜歡遊走於商店街，平時在綠化庭院工作，喜歡找昆蟲朋友一起玩，同時也喜歡教導大家認識植物的知識。

**雲朵擺擺人**

愛放空，愛休息，走路有飄浮感，無壓力的擺擺人，個性也像雲一樣變幻莫測讓人猜不透。

**俏皮擺擺人**

生性俏皮，工作是空中樂園的檢修工程師，智商相當高，空中樂園的遊樂設施都是他創造發明的。

**星際擺擺人**

移動於各星球的擺擺人，外星人外派到星球探取機密的工作者。

# 第二十三章
# 超時空移動

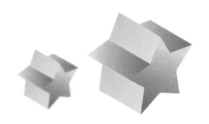

冬眠的毛蟲蛹們在安靜的季節裡睡了好久好久，雪，從皓皓白雪到漸漸從冬寒轉春暖更迭，雲層中透著不同色澤的美像畫一樣，從深到淺從遠到近，陽光撒下來，大地安靜無語，雲層中飄浮著幾些水氣，如絲如縷。

清早，鳥兒起床後開始一天的輕鳴與覓食活動，雪慢慢融化了，這是大地甦醒春暖花開的好時節，毛蟲蛹們被鳥兒美好的樂音叫醒。

融化後的雪變成晶瑩剔透的水滴流成幾條細長的小溪流，集匯於一面諾大的湖中，這湖面也因為融雪後，厚厚的冰層變成薄薄的一片，湖面上還有美麗的結晶未完全消失，雪融化與水面呈現一股蒜綠水藍之美，湖邊綠地上春天的小綠苗也因春日發芽了，小溪流水與山林層層疊疊，映出一幅美麗的山水畫。陽光撒在湖面上折射出散狀強光，如此絢爛奪目，但這道強光波引來一個天搖地動的移位震波，毛蟲蛹被這道強光和不明的音波嚇著，那光線伴隨著一顆巨大閃爍的極

光隕石，隕石愈飛愈快，碰的一聲巨響打在天空中，這巨大聲浪讓毛蟲蛹存在的魔幻島被強光全面覆蓋，強光讓動物們都無法睜開眼睛，感覺幾秒的時光都被強光所吞噬。約莫幾分鐘後，毛蟲蛹們原本熟悉的魔幻島場景一下子全消失了，天外飛來的那顆大隕石也消失無蹤，大伙除了探出頭來並揉揉眼睛，驚呼眼前的不明場景。

場景一掀幕，這是一座銀色系為主的科技城市，每一棟建物都有不同的構造特色，鳥瞰這座城市視覺上感受到一面諾大的模型版，從高處俯瞰，縱橫交錯的行道空間有條不紊，周邊林立的特色建物和以前的傳統建物截然不同，沒有綠化的樹林也沒有花草的蹤影，更別說有什麼蜜蜂或小動物了，只有幾台型態怪異的圓型小飛車在城市裡飛浮穿梭！好先進的感覺喔！車子或小飛船都在空中不同的路線飛行著，而且滑行的速度也超快的，一下子就急速地飛過眼眶，讓人眼花撩亂來不急細看，其中有一座六角型的建物裡，出現了毛蟲蛹們的聲音。

啃書蟲首先大叫：「哇！這是哪裡啊？這不是魔幻島啊？我們在哪裡？大家快看看是不是我在做夢啊？」

頑皮蟲也大叫起來：「好酷炫喔！這裡是哪裡？」

嘮叨蟲冷靜地環顧四周，千年老樹和蟒蛇爺爺都不見了，魔幻島上的那些好友呢？草莓姐姐和胖胖花仙子呢？可愛伶俐的土撥鼠呢？嘮叨蟲急著哭了！

大力蟲看到嘮叨蟲哭了急忙安慰著：「你先冷靜下來，你有沒有發覺我們的身體根本都動不了？」

愛睏蟲慢半拍，等大伙都講完才慢條斯理問：「對啊，那強光把大家都嚇死了，大家還好嗎？」

環顧四周極為陌生的環境，只有五隻毛蟲蛹被隕石極光轉到這裡，大伙困在一座六角型的建築物裡，身體完全動不了。周邊建物大多是銀灰色系，燈光強烈，和過去充滿綠意的魔幻島不同，這裡的鋼鐵氣息非常重，空氣呈現微微的鐵鏽味。

一位小小機器人前來：「歡迎來到 EP 城市，顧名思義，是全電子化系統城市，以電子操控產品的王國，可以對著前端的麥克風接收器提出任何要求，但每提一次就會自動扣你的生命殘值一分，這樣大家明白嗎？」

啃書蟲首先問：「什麼是生命殘值？意思是我們提越多要求，生命會消失的愈快？太可怕了！」

頑皮蟲：「那我要喝水怎麼辦？扣一分嗎？」

小小機器人指著平台上的巨型看板:「上面有五隻毛蟲蛹目前的生命殘值,每隻分數都是一百分,尚未被扣分,若呼叫機器人服務一次,生命殘值就會開始扣分。」

還沒有等大伙問完,小小機器人轉頭就走了,留下微微不安的毛蟲蛹們。可靠的大力蟲開口說道:「大家別慌別怕,我們先冷靜了解狀況後再叫機器人,口渴的頑皮蟲你先忍耐一下,別出聲。」

大家都安靜下來。但眼前那塊巨型看板上突然跑出大家的臉,還有生命殘值畫面,一格一格的好嚇人,毛蟲們知悉,進到這六角建築物況且身軀一動也不能動,只能聽天由命了……

# 第二十四章
## 破繭羽化成蝶

在沒有日夜光線差別的冷建物裡，毛蟲蛹們的殼慢慢變成深綠色，唯有大力蟲的外殼轉成黑色。小小機器人：「很好，你是即將蛻變成蝶的首選，因為你腹部明顯變化成黑色，生命殘值加一分，請問你這一分要兌換什麼？」大力蟲喜出望外，心裡嘀咕：「變黑色還有加分喔？那不錯啊！我換一杯水給頑皮蟲喝，牠快渴死了，請你給牠水吧！」小小機器人：「好的沒問題！」轉身取了一杯水給頑皮蟲解渴。這時啃書蟲疑惑對著大力蟲說：「為什麼只有你外殼變黑？我們其他都是深綠色？」大力蟲搖搖頭表示牠也一頭霧水。

小小機器人再度展開電子板，上面顯示：

羽化前：蛹殼變透明，可看到翅膀顏色和腹部黑白的線條，十二天內會從綠色轉深黑，再一會兒就破蛹而出了。
羽化後：成蝶後快速破蛹而出，牠會先停留在原地，讓體液留進翅膀，使翅脈伸展，等翅膀乾後才能試飛。

看完後大力蟲心底有些高興:「太好了我終於要有翅膀了，不必再綁手綁腳了！」此時嘮叨蟲卻覺得事情沒那麼單純，小聲地對大力蟲說:「別高興的太早，這裡這麼陌生，而且我們的一舉一動都被監控著，你一點都不怕嗎？我可是怕的要命喔！」

話沒說完，小小機器人就倒了四杯色澤奇怪的藥水:「這是成長靈水，請你們其他四隻都喝完，沒喝完的扣生命殘值五分，快喝！」愛睏蟲一聽要扣五分馬上嚇醒，急忙說:「我喝我喝，千萬不要扣我的分數啊！」喝完之後愛睏蟲卻說:「好奇怪喔！甜甜的好好喝啊！」其他毛蟲們也怕被扣分，乖乖喝下這成長靈水。沒過多久，四隻毛蟲蛹的腹部也長出一道淺黑色的皮。

小小機器人見狀:「很好！成長進度夠快，你們羽化後將有重要的科技任務等著你們！」話一說完又馬上轉身離場，完全不管毛蟲們的疑慮就消失了，門也迅速被關起來了～

啃書蟲說:「大家有聽到小小機器人說我們未來有科技任務這句話嗎？好奇怪喔！我們是實驗品嗎？大力蟲你可要小心啊！變黑的你是不是要脫離大家了？」
大力蟲:「這也沒辦法，目前我們無法動彈，只能任由機器人宰割。」

這時巨型看板上顯現了數位化的山與花海圖案，好美好豐富，畫面裡的山和各式各樣的美麗花卉隨著微風搖擺著，唯美卻是假像，室內噴出了很多花香精，讓毛蟲蛹們如置身於真正的自然花海裡。

大力蟲看到花海的畫面居然有幾秒是石化的，看著看著，身體便隨著花被微風吹拂的那股律動，慢慢地從硬硬的蛹殼中突出蝶身來。

啃書蟲驚呼:「大家快看看大力蟲!變身了吧!你是美麗的蝴蝶了!」大力蝶身上有黑色與深藍色的亮羽翅膀腹面,隨著光線移動呈現不同層次鱗片閃爍,展開翅膀時美極了。

毛蟲蛹們各個驚呼連連,無法控制心的躍動,也想要有這樣的身軀。色彩艷麗的大力蝶,緩緩感受自己身軀的各個部位,習慣自己的翅膀,展開時動作慢又笨拙,大力蝶拍拍自己的羽翼,內心還是伴隨不可思議的驚喜感。

這時小小機器人又來了,它拿出小罐可愛的蜂蜜,要大力蝶吸完。大力蝶一靠近,馬上被蜜的香甜味迷惑,飢渴地吸取蜂蜜後,眼神迷濛感到有倦睡意。小小機器人說:「接著就等你們其他四隻,好好加油喔!期待你們努力趕上大力蝶的腳步,快喝成長靈水。」說完又再把靈水擺在面前示意大家快點喝完。基於深怕不喝會被扣分這件事,大伙還是乖乖就範。

嘮叨蟲環顧四周有無破綻、讓大伙逃出去的機會,但鬼鬼祟祟亂看的行為被小小機器人發現了,馬上端了另一杯怪異的鎮定果汁過來:「你今天心神不寧,請你好好補充鎮定果汁。」

不久後，啃書蟲的身軀也慢慢地撐出蟲蛹，蛻變成蝶！愛看書的牠，翅膀出現棕色的圖騰斑點，像是粒粒大眼睛努力觀察這個新世界一樣。

接著，頑皮蟲也被緩緩推出蟲蛹，頑皮蟲愛玩，特別有活力，於是翅膀有明顯的光子晶體點綴，轉身時閃耀著青綠色光芒。愛睏蟲變身後，翅膀呈現穩定的紫色調，腹部有一條閃電的 Z 字型，似乎在告訴大家，牠就是愛睏的代表。而嘮叨蟲個性機靈，翅膀出現三層粉色漸層，觸鬚帶有雷達的樣子，真是太特別了。

不到半日，五隻毛蟲蛹全都變身成功，蝴蝶們仔細端視著各自的翅膀，努力習慣變異，內心帶著隱隱不安，因為在這裡，牠們每半小時被餵養著不明的花蜜和奇怪色澤的液體。

此時，小小機器人出現，後面迎來一位帶著奇特面具的大頭擺擺人，這位擺擺人外型長的很奇怪，像是肌少症一樣，四肢乾扁細長，手部像吊勾一樣，頭部呈六角型，肚子肥肥包藏不少油脂的感覺，牠自稱是太陽能科技屋的指揮官。

# 第二十五章
# 太陽能科技屋

大頭指揮官站在小小機器人後頭，面無表情對著五隻蝴蝶們說：「歡迎五位來到我的太陽能科技屋，這是2145年最新的太陽能科技養護場，你們可以安心在這裡蛻變，盡情享用我們為各位調配的各式花蕊口味的果汁和花蜜，這些花蜜是利用新科技結合太陽的能量製作而成，可以使各位快速成長與茁壯，下一季就可以為我們的新興城市帶來新的活力！」

困在太陽能科技屋的五隻蝴蝶根本笑不出來，面對這一席話，嘮叨蝶問：「請問我們可以離開這裡嗎？這裡的味道實在太化學刺鼻味了，我整天都不舒服。」

小小機器人在指揮官未出聲前先罵：「想吐？你也太不知足了，有吃的喝的，還有全天候空調設計你會不舒服？太沒禮貌了吧！」說完小小機器人按了一個按鈕讓嘮叨蝶被一個透明罩子關起來了！

大頭指揮官假親切回答：「你會不舒服可能是太緊張，
無法適應新環境，等一下電子版上的風景會讓你放輕
鬆的！」語畢後眼前的巨型看板上再次出現不同的花
海影片。然後指揮官不再回答蝴蝶們任何問答，直接
轉身離席！

被關起來的嘮叨蝶實在很慌張，輕聲哭了起來。其他
蝴蝶們無力幫忙，只好在太陽能科技屋裡輕輕亂飛，
試圖找找太陽能科技屋裡是否有小小的縫隙可以逃出

去。啃書蝶在太陽能科技屋的角落發現幾片大型的玻璃窗，可以看到外面的城市，有飛車和小飛船，還有各種交通工具浮在空中、長得像鰻魚的飛行公車，還有幾架無人機正在空中送餐，看似忙碌卻有條理，這座城市還真特別！

啃書蝶轉身跟大伙說：「若是小小機器人再開門，我們千萬別惹毛它，它若是心情好說不定會放大家出去飛一飛。頑皮蝶看到新奇萬變的科技屋外頭那麼熱鬧有趣，一直點頭示意：「是啊，我們要好好等待，說不定明天就可以飛出去了！」

這時太陽能科技屋迎著太陽緩緩轉動，因為在這座太陽能科技屋裡二十四小時都是白天的光景，少了夜晚的分隔，蝴蝶們真的超不習慣！

# 第二十六章
# 城市綠化庭園

關在太陽能科技屋裡的蝴蝶們實在閒不住，只能喝那些口味不合適的液體，偶爾在室內漫無目地緩緩飛著，這時小小機器人來了：「告訴各位一個好消息，大頭指揮官覺得大家配合度相當理想，同意各位可以站在轉盤上抽籤，轉到指定渦口的幸運兒，可以自由放飛一天，範圍是城市綠化庭園，但是請注意！太陽下山前一定要回來，否則生命殘值會馬上歸零，這樣大家懂了嗎？」

蝴蝶們聽到可以抽籤飛去綠化庭院開心地不得了！紛紛大家站在轉盤上等待。此時，大頭指揮官乘坐在一台圓型飛船裡看著。轉盤開始轉動了，停在渦口的是～頑皮蝶！

頑皮蝶頭頂的開關頓時被打開了，陽光溫和，眼前充滿綠意的樹木和真實花卉，還有一些不知名的小昆蟲緩緩飛著吸取花蜜。頑皮蝶不敢貿然嚐試，牠大吸一口新鮮空氣，味道和太陽能科技屋裡的天差地別，幸福地享受和魔幻島上一樣熟悉的美好，然後轉身望著

24

太陽能科技屋裡那四隻孤單的蝴蝶伙伴，心想也許只有今天能好好享受這樣的綠化世界，便敞懷那塊心中的石頭，往更深的樹林裡飛去，來到了萬花養植區。那裡有不少花朵是頑皮蝶此生都沒有見過的，牠好奇聞著，忍不住吸了一口新鮮花蜜，真是太美味了。

而另一隅，其他四隻蝶兒整天都隱隱不安，深怕頑皮蝶不會再回來了，突然屋內警鐘亮起，發出一個廣播：「離太陽下山只餘下二十分鐘，門口即將關閉！」

大伙著急起來，嘮叨蝶急忙說：「這頑皮蝶會不會玩到忘記時間？真令我們擔心啊！」
說時遲那時快，在門即將關閉前，頑皮蝶在最後一刻趕上關門前飛進了太陽能科技屋，與小小機器人報到。

大伙看到頑皮蝶飛回都鬆了一口氣，但嘮叨蝶忍不住罵了幾句：「你知不知道我們好怕你趕不回來？」
頑皮蝶喘吁吁地回答：「因為城市綠化庭園跟我們故鄉一樣，有真實的樹、真實的花朵，還有芳甜的花香，一切都這麼美好，我先幫各位探路，以後誰能出去感受就不會浪費時間亂飛迷路了。」

25

大伙聽到頑皮蝶的形容簡直不敢相信！有那麼好的地方為什麼要將大伙困在太陽能科技屋？不等大家熱烈討論，小小機器人再度端出成長靈水要蝴蝶們喝下。

此時電子看板上秀出大大的生命殘值報告：

大力蝶 99 分

啃書蝶 97 分

嘮叨蝶 92 分

愛睏蝶 92 分

頑皮蝶 82 分

大伙看到這數值嚇一大跳，這分數怎麼計算出來的？

小小機器人說明：「依據各位的運動量和飲食量為準會上下波動，今日頑皮蝶外出消耗體力，殘值當然會消弭。」頑皮蝶一看，馬上快速喝了成長靈水補充體力。

喝完之後看板上殘值報告：「頑皮蝶生命殘值：85分……」頑皮蝶看數值有因為喝下成長靈水回加了三分，吞了吞口水，驚險地說：「還好有加三分回來，嚇死我了。」

# 第二十七章
# 全自動商城

次日一早,小小機器人端來成長靈水,大家快速喝完準備抽籤,這回被抽中的是啃書蝶,開關被打開那一刻,牠迫不及待,頭也不回地飛出去!

來到了全自動商城,周邊有各式各樣的商店,都藉由手紋感應自動開啟。來來往往,不同色調的擺擺人走來走去,有些忙著購物、有些忙著檢查電子居家設定,全由臉部辨識系統結帳付款,相當快速便利。啃書蝶飛到一間書城,一進門就開心飛舞著,這裡有好多電子書和教具系統,還有定位導航及航海資訊,牠查閱了古典系統想找找魔幻島的資料,居然被牠找到了。但上頭卻顯示魔幻島已成為古蹟?這讓啃書蝶嚇了一跳,想著是不是當時那道隕石強光帶大伙來到了不同的時空,發生了異次元轉移,難怪一切都那麼陌生、古怪。

有一位奇特的粉紅擺擺人,全身有一半是粉紅色的,和指揮官長很像,看起來比較友善。她坐在書店一隅靜靜欣賞自己的電子畫作,手一揮,顏料就自動填上

電子畫板，啃書蝶被她唯美的動作深深吸引。

電子書的種類超過一億種，啃書蝶一時無法消化這麼多資訊，接著粉紅擺擺人注意到啃書蝶一直望著她，便緩緩走過來打招呼：「你好，你是新來的朋友？我叫拉拉，以前沒見過你來書店吧？」啃書蝶有些臉紅害羞：「妳好，我是啃書蝶，剛到這個城市，我和伙伴們就被關在太陽能科技屋，今天只是好運抽籤可以放風一天，等下就得回去了！這裡好新奇喔！不管是將書歸位或移動全都透過自動化掃碼，請問我該如何選買這本關於魔幻島的資訊書呢？」

粉紅擺擺人一聽，馬上用額頭掃了掃資訊，一道光耀閃後——這本古典魔幻書的晶片資訊就跳到啃書蝶的額頭記憶庫裡了。啃書蝶覺得好神奇，粉紅擺擺人拉拉說：「就當作我送給新朋友的見面禮，這樣你就擁有想要的古典魔幻島資訊了，下次再請我喝花蜜吧！」

啃書蝶用腦神經感受這樣奇異的體驗，魔幻島資料居然只須透過牠的意志，就能在腦海裡翻閱，根本就是意識直接植入的概念，不過這種發明也具有相當的破壞力。啃書蝶曾在魔幻書裡見過，有人曾將意識植入高靈長智慧的猩猩腦內，而引發不可收拾的混亂局面，牠深怕科技進步會伴隨著一些潛藏的危機。

回過神還來不及道謝，粉紅擺擺人早已不見蹤影，啃書蝶飛往其他商店去探索，衣著、飾品、食物都十分新奇，光是花蜜補充店舖裡就有上百種的花蜜選項。蝴蝶衣著店還有變裝服務，甚至還有空中飛車、飛船的補電門市。在昆蟲觸鬚感應門市中，各種昆蟲都可以來更換感應系統，來連結全自動商城的親朋好友資訊！

最奇妙的是一台古怪神奇地娃娃機器小屋。
出了神的啃書蝶不小心按到開關，從中跑出一隻戴著彩色小光圈，身形超級迷你的天使娃娃，她身著一閃一閃發亮的玻璃洋裝，突然說起話來：「您好！我是陪伴說話娃娃（天使娃娃），趕緊將我帶回家哦！」一說完就神不知鬼不覺地躲進啃書蝶的蝶翼下——

琳瑯滿目的全自動商城讓啃書蝶逛得眼花撩亂，但牠沒有忘記要飛回太陽能科技屋這件事。大伙看到累得虛脫的啃書蝶一臉疲態，急問牠發生什麼事，待啃書蝶吸完成長靈水後一一道來。

啃書蝶講述了在書店遇到粉紅擺擺人幫忙電子掃碼付款，還有發現古典魔幻島一事！大家好奇追問關於魔幻島的事，啃書蝶一臉沉下：「我們恐怕再也回不去魔幻島了，因為電子書上顯示那是古遺址，我們已經來到科技新世代——未來城市，一切都是電子化，我們

也都被擺擺人指揮官的電子設備監控著。」

突然間，躲在啃書蝶羽翼下的陪伴說話娃娃微微露出頭來輕聲說：「噓噓──小聲點兒！大家不用過度害怕！我有辦法可以帶大伙兒逃出太陽能科技屋。」聽到這聲音啃書蝶才想起在全自動化商城時，不小心按到一台古怪機器小屋按鈕，臉上露出驚喜的表情～啊！這世界竟有如此神奇的發明！

大伙們見到如此可愛的天使娃娃都相當好奇！愛睏蝶馬上提起精神問：「你是怎麼飛進來的？你不怕被關起來嗎？」天使娃娃輕輕回答：「不用怕喔！我們可以隨時隱形消失再出現，當你內心有極大恐慌或恐懼時，我就能出現幫助各位調節情緒喔。」大伙聽到都特別羨慕啃書蝶，可是頑皮蝶回過神來：「為什麼我上次飛出去時沒有天使娃娃？」天使娃娃回答：「因為你的內心只有大大的興奮激素，電子系統沒有偵測到你有不安的情緒喔！」大伙聽完才知道原來這座城市有這麼先進的電子偵測技術啊！

新世代的科技有無盡的探索領域，未來有無限可能與幻變，想到還有許多未知的路要去發掘，大家內心湧起一股濃厚的衝勁。

# 第二十八章
# 全自動空中樂園

次日早晨，小小機器人一樣端來五隻蝶的成長靈水，大家戰戰兢兢地趕緊喝完準備抽籤，這回被抽中的是愛睏蝶，在開關被打開那一剎那，牠立馬張開雙眼，呼喊著：「大伙們一起飛吧！」其他蝴蝶們不知發生了什麼狀況，聽到一聲令下，就開心的鼓動美麗翅膀，逃出太陽科技屋。從困境中逃脫後，一直無法置信，一起手舞足蹈的嗨翻天。

啃書蝶馬上感謝天使娃娃：「妳這招催眠術真的是出神入化，令人佩服！」又急問著粉紅擺擺人住處區域，想找她並親自道謝！天使娃娃輕聲說：「沒問題，她就住在空中基地，那一區很漂亮喔！有彩色的雲朵和空中樂園，大家跟著我出發吧！」

此時頑皮蝶說：「想去綠化庭院的就跟著我飛吧！」

嘮叨蝶和愛睏蝶選擇跟著頑皮蝶去探險。
大力蝶選擇跟著啃書蝶去空中樂園。

蝴蝶們討論黃昏時集合的地點，說完各自帶著興奮的情緒出發。天使娃娃首先帶大力蝶和啃書蝶來到空中基地，找尋拉拉的住所，牠們猜那一間佈置成粉紅蕾絲風格的現代基地屋應該就是了。果不其然，粉紅擺擺人正在空中陽台澆花，花朵澆了一種神奇的水之後，像魔花一樣繞了好高好高伸到空中，拉拉說：「今天開一些愛心型好了！」講完那些花朵立刻圈成她要的愛心形狀～其他植物也聽著拉拉的指令開出不同圖案。

啃書蝶和大力蝶輕輕飛在屋外看得目瞪口呆。粉紅擺擺人拉拉望出陽台發現了啃書蝶：「怎麼是你啊？另一位是？」啃書蝶連忙跟拉拉介紹大力蝶，而天使娃娃則是輕巧地躲進啃書蝶的蝶翼裡沒有出聲。」

拉拉說：「恭喜你們終於自由了！讓我盡地主之誼，帶各位去空中樂園玩玩吧！」她叫喊了鄰居雲朵擺擺人和俏皮擺擺人一起作伴。拉拉的聲控開啟了另二間大門，可愛的雲朵擺擺人整了整造型特別的雲朵頭髮，似圓弧狀的藍莓霜淇淋層層疊在頭頂上，像戴了頂漸層藍色假髮。俏皮擺擺人穿著銀河系的外套帥氣出現，外套上有好多金黃色星球和閃亮亮的裝飾品，甚有流行感。他們用手勾住鐵圈線，一路滑行出現在大伙面前，覺得蠻有趣。兩位擺擺人熱情地打了招呼，一起歡迎新朋友。

一行人來到空中樂園，目不暇給的空中設施還有附加玩法介紹：有空中快速滑雲道，長條形滑水道，底座是綿綿雲朵，讓大伙軟滑滑的前進到終點。空中飛速移動電鰻公車，公車如電鰻能在空中快速飛行並發出閃電亮光要求其他交通工具讓道。蝙蝠外型的空中倒吊移動咖啡杯，可以隨著愛倒吊的擺擺人進行倒吊旋轉，這是倒吊蝙蝠和擺擺人最常玩的一遊戲！空中泡泡滾滾球，也就是泡泡包裹的大球，大家可以在大球裡滾動，上上下下彈飛彈跳。還有空中彈射飛彈可以把大家彈射到十公里外去的急速遊樂設施。

拉拉說:「我們這裡的樂園以急速著稱,刺激指數破表,不過不用太害怕,各位身體都有內建的安全感應器,若是重大危險警示紅燈亮起,空中樂園設施會自動停止。」啃書蝶和大力蝶見俏皮擺擺人和雲朵擺擺人登坐上去示範,不到十秒就完成一項設施真是驚呆了。

另一邊的嘮叨蝶、頑皮蝶和愛睏蝶在綠化庭院玩起葉脈疊疊樂,那些巨大的葉脈線條裡富含的水分讓蝶兒們感受身體的潤澤,葉脈上的水滴和綠化區的花朵都是牠們探險的環境,還遇上了在此工作的毛頭擺擺人。

毛頭的工作是用晶片感應來檢測葉片上的芽蟲和花朵裡的花芯是否超過正常值。毛頭帶牠們辨識有毒和無毒的花與葉,傳授一些花草知識,一起成長一起學習,毛頭擺擺人用心陪伴,讓牠們逛累了,一起在綠化庭園內享受花草下午茶時光,這美好下午茶都讓牠們覺得不虛此行。

三隻蝴蝶實在不敢相信綠化庭院怎麼和太陽能科技屋有這般天高地遠的差別?一處冷漠封閉,一處熱情奔放友善,這讓三隻蝴蝶有些迷惑了。嘮叨蝶也不時小聲嘀咕要大家謹慎留意。

# 第二十九章
## 拉拉的迷你庭院小郵差屋

粉紅擺擺人從見到蝴蝶們那天起，內心熱切地想與牠們一同作伴，為此拉拉偷偷在夜間打造了迷你庭院小郵差屋，準備給蝴蝶們一個驚喜。習慣了拉拉住家附近的花卉，大力蝶和啃書蝶也約大伙一同來空中陽台覓食飛舞，享受怡人的午後。某天，大伙再度來到空中樂園玩耍，拉拉拿出為大伙打造的五支不同風格的鑰匙，邀請牠們一同欣賞這些可愛的小郵差屋。嘮叨蝶見到如此精緻的手工小郵差屋，驚喜萬分：「這是你要給送我們的小郵差屋？太可愛了！」

拉拉連忙點點頭：「平常都只有我們幾個擺擺人住這空中基地，有些孤單，我的美麗花園很適合你們一起來住啊！我種的那些花花草草可以免費讓你們大家吃到飽喔！呵呵！」

大力蝶和啃書蝶聽完馬上在小郵差屋前前後後飛來飛去，仔細端詳這精心的設計，有小小窗檯、外擴遮雨架，還有可愛的蜂蜜收集盒，每一間小郵差屋都有不同色彩與造型，有的像小小蛋糕捲，有的像捲心酥，

還有一個像水管，其中一間是為啃書蝶量身打造的大書本樣式，最後就是為頑皮蝶客製的滑板屋，簡直是蝴蝶們朝朝暮暮期待的住所嘛！」

大伙飛到拉拉身邊跟她道謝。拉拉和擺擺人鄰居約了一日要為蝴蝶們舉辦歡迎派對。拉拉在早餐時手勾著軌道，倒立歪斜樣與爸爸撒嬌：「爸爸！晚上我要為蝴蝶朋友們舉辦一場歡迎派對，你也要到場一起歡慶喔。」大頭指揮官聽到這項邀請時嚇了一跳，原來這群蝴蝶已經和女兒變成好朋友了。

指揮官心想不能打草驚蛇把蝴蝶們嚇跑，又不能太早出現讓蝴蝶們對拉拉不信任，於是大頭指揮官技巧性的回答：「爸爸今天有公事很忙，改天再和你朋友同樂吧！晚上的派對我就不參加了，你們盡情玩～櫃上的那些高級蜂蜜就拿來招待你的蝴蝶朋友們吧！別客氣喔！爸爸愛妳！」

拉拉聽完時心情小小失落，但爸爸平常就很忙也很少參加她的活動，於是拉拉轉身準備派對的餐食和蛋糕還有派對佈置，一臉掃興樣，根本懶得回應指揮官。爸爸出門後，拉拉來到小郵差屋前跟蝴蝶們說：「別忘了晚上的派對時光喔！」

細心的嘮叨蝶拉著大力蝶到一邊，小聲說著：「趁現在我們一起去採集美麗的花朵，晚上一起慶祝吧！」說完大伙各自忙碌著，雲朵擺擺人則是在自家廚房烤著雲朵蛋糕準備給大伙一個驚喜。

# 第三十章
## 消失的大力蝶

夜晚熱鬧的派對正在粉紅擺擺人的屋前舉行著，蝴蝶們享受擺擺人的熱情與歡迎，桌上有精緻的甜甜圈、蛋糕、貝果和巧克力堅果，各種口味的果汁和繽紛的飲品、還有最棒的刨冰和氣泡飲，拉絲棉花糖和可愛的餅乾條，大伙享用美食之餘，盡情地在庭院前熱舞。

拉拉跳著熱情的倒立勾勾舞和海帶舞，嘮叨蝶和啃書蝶回應著蝴蝶圈圈閃粉舞。大力蝶秀了一段舉重秀，頑皮蝶不甘示弱表演了一段 180 度大旋轉滑板車特技。愛睏蝶忙著在桌前享受慢活，緩緩咀嚼食物。雲朵擺擺人則展示她的頭髮變型秀，毛頭擺擺人還送了每位蝴蝶一棵美麗的植物苔蘚球，可以吊在各自的小郵差屋前。

大伙玩得樂不思蜀時，大力蝶突然被暗處兩個奇怪的黑影拉走，速度極快且黑暗中誰也沒有發現這件事，其餘的蝴蝶和擺擺人鄰居們仍沉浸在熱歌熱舞的氣氛中。

而大力蝶去了哪裡？

他被指揮官派的兩位手下強行抓到一座祕密實驗室裡關起來，頭部被套了一個黑色面罩，眼前一片黑暗，旁邊的手下擺擺人將牠放在一個平面桌上，接著牠聽到了很熟悉的聲音命令著：「腹部打上麻藥！」

等大力蝶不再掙扎、昏迷過去後，指揮官才露臉，示意要工作擺擺人抽取大力蝶身上的血液來做下一步基因研究。

次日大伙累癱在小郵差屋前準備飲水時，才發現大力蝶的郵差屋居然沒有關門，大力蝶不在屋內也不在屋外？牠去了哪裡？大伙這才焦急地找起來。

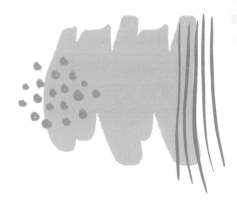

# 第三十一章
# 超級大型變種魔怪

大伙兒慌忙了半天仍無法找到大力蝶。奇怪的是，城市上空灰雲漸漸布散，這時城市廣播傳來：「所有擺擺人請注意，目前大氣裡偵測到不明氣體，同時海防也偵測到海水溫度上升，所有擺擺人準備就空中基地避難守則——準備關閉緊急逃生窗口，請注意！緊急逃生窗口將於三十分鐘後關閉，請所有擺擺人進入逃生窗口。」

有些擺擺人正在睡夢中，有些擺擺人正準備出門工作，顧不得城市廣播，急忙到緊急窗口排隊，拉拉也急忙地帶了蝴蝶一起去集合，準備進到逃生窗口避難。

嘮叨蝶說：「我們不能丟下大力蝶不管，你們先去避難，我在窗口外等大力蝶。」拉拉急忙說：「你別擔心，大力蝶若出現，會尋求幫忙的！」一說完，一股巨大的灰褐色氣體和煙塵飄進城市裡，一片綠色的草皮馬上變成灰褐色並立馬乾涸。第二股煙塵掃到花朵區，那些美麗花朵經過煙塵掃蕩後，花瓣與莖葉全部萎靡，變難看的鐵鏽色。指揮官獲報後，立即成立緊急指揮

中心，搜尋網上分布圖，知悉這一股來自外區域的灰褐氣體正以飛快的速度浸透到空中基地，並開始干擾先進的機械設備。原來是之前的尖牙八眼臭蟲又變種成為──超級巨大煙塵變種魔怪，不只能變氣體同時也能變成強酸的黏液，像極了史萊姆，黏附在空中建物和交通工具上，將建物腐蝕得鐵鏽斑駁，攻擊力比過去的變種魔怪更加強勁。

數小時後，不只那些植物直接受影響，太陽能科技屋的屋頂也被腐蝕出幾個洞，情況緊急，大頭指揮官和小小機器人知道，這次要應戰的是可怕的超級巨大煙塵變種魔怪，指揮官下令小小機器人開祕密飛車去接拉拉來集合，同時盡全力將其他蝴蝶們帶回太陽科技屋。然後要求小小機器人查詢超級巨大煙塵變種魔怪的資料，幾秒後線上系統傳來：

超級巨大煙塵變種魔怪
主要攻擊武器：氣體與黏液
攻擊力：90
戰鬥力：90
防禦力；70
法寶：灰褐色毒氣與黏液
弱點：超級吸塵機
主力：覆蓋活氧植物與金屬建築

指揮官正研究如何對付牠時，拉拉和蝴蝶們被祕密飛車順利帶到科技實驗室，而拉拉此時才知道，整個實驗計畫的幕後主使者，竟然是她最愛的父親……

此刻，超級巨大煙塵變種魔怪準備毀滅科技屋，就連指揮官面對這急難也束手無策……啃書蝶突然想起，檬村長給牠的魔字書還剩一回，或許派得上用場，於是啃書蟲不斷不斷地念著魔字，腦海竟神奇的出現沒看過的形體，有了，是它！蹦蹦！超級吸塵器出現！

超級吸塵器啟動吸塵與淨化模式，城市裡的超級巨大煙塵變種魔怪開始慢慢萎縮萎靡，轉眼間，大魔怪變回原型。啊！原來是一隻小土壤怪！

牠認輸的哀求著：「別消滅我啊！只要你們人類不要繼續破壞大自然，我再也不會攻擊你們了！」土壤怪乖乖地回到綠化庭園底層，欣然答應未來要與擺擺人和平共處。

思考時間：
日常生活裡遇到的問題你都怎麼應對？跟同學或朋友說？尋求父母？還是獨自面對？遇到生活或學習困難時怎麼解決？求助或放棄不理？無論遇到任何難題，我們要學習在問題中探索並尋求幫助，路才能走的更遠、遇見更美好的風景。

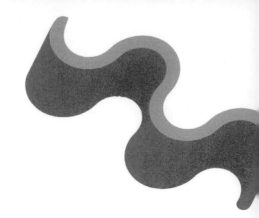

# 第三十二章
# 人類的食婪

這場煙塵攻擊平息後，大頭指揮官停止了所有對蝴蝶們的實驗，一是為了找回自己對拉拉的父女之愛，再者是感激啃書蝶拯救了所有擺擺人，也幫助小土壤怪回到綠化庭園，再次恢復了往日的平靜。

一直與外星球有聯繫的星際擺擺人得知蝴蝶基因實驗計畫的停止，覺得那些基因另有用處，便將這消息回傳到外太空的迷惑星，也就是星際擺擺人的故鄉，

迷惑星指示他把餘留下來的蝴蝶基因試管放送到人類星球上，星際擺擺人馬上就傳送了這些試管，目的是將蝴蝶基因注射到老化的人體內，還原成新細胞重返年輕。

外星世界同樣想要搶奪蝴蝶基因這瑰寶，紛紛抓取更多的蝴蝶來抽取 DNA，以備更多針劑，因為有太多老年人及愛美人士預約爆滿，大家都等不急要趕緊變年輕及延長老化。

星際擺擺人偷偷存放很多針劑在未來城隱祕處，為許多擺擺人注射，人潮湧現大排長龍，就為等這一刻。粉紅擺擺人及毛頭擺擺人好奇地往一群人吵鬧的方向望去，排隊的人潮七嘴八舌：「我先來的，我要先注射！」另一個急忙的老人也來插隊：「我昨天就來的，我要先注射！」大家吵吵鬧鬧爭先恐後。

拉拉：「那些蝴蝶基因不是早就被消毀了？怎麼還會出現？」
毛頭：「貪婪的人類為了自身利益還是被這些防老化跟回復年輕的騙術迷惑啊！」

勇於嘗試的人類還是很多，為了讓老化的自己可以有萬中選一的機會重返年輕，蝴蝶基因的需求讓這些人失去理智。在人類的販售市集和商圈裡廣為流行，注射後大家對馬上顯現的年輕面貌所驚奇不已，好像著了魔似的，就鼓動更多擺擺人，爭先恐後來注射，不過注射的人數增多後，也有愈多副作用發生，有些擺擺人變成肌僵人，全身慢慢地無法動彈，事情嚴重危害擺擺人類的自體免疫系統，甚至生命，這失敗的大反應從此傳開──流行注射蝴蝶基因這件事幾個月後才因肌僵事件而消弭⋯⋯

# 最終章
## 回到初衷

從一開始那無情的鏟車開挖到遷徙時遇到的苦難，人與動物同樣經歷許多的喜怒哀樂，有挫折有收穫也有失去，等到世界裡的混亂與人類的貪婪有了一些反思，靜下心來想想～陽光依舊高高掛著照耀著大地，空氣因為大地的休養而淨化了，水因為人類與動物們懂得回歸自然、減少製造垃圾也慢慢回到最純粹的水源，大地淨化的同時這世界會變怎麼樣？

此時，另一時空裡消失許久的跟屁蝶回來了！蝴蝶們見到跟屁蝶也同樣有著成熟心智，紛紛問牠這些日子去了哪裡？跟屁蝶：「那時我被洪水沖走之後，被一位好心的婦人救了起來，她居住的地方十分偏僻沒有過度的污染，好些日子我都一直想著大家，後來婦人也因為身體老化而回歸大地的懷抱，我就決心要出來尋找你們，因為遇上了好心婦人讓我了解動物和人類情緣的可貴！」蝴蝶們聽完都覺得感動，相擁而泣。

跟屁蝶因好心婦人的幫助才活下來,大家才能再團聚,為了拯救全人類,需要六隻蝴蝶的基因魔粉團結一起才能破解這一切,從過去隕石閃動時他們被帶到另一時空經過了這麼長的冒險,蝴蝶們心想:「若有一天,人類需要他們的幫忙時,也要義不容辭。」最終仍希望在生命結束前,可以犧牲自己來挽救擺擺人的疾病。

為了拯救肌僵人類,蝴蝶願意犧牲生命來成全大局。擺擺好友們實在心疼不捨了。於是六隻蝴蝶們牽起手來,將自己所有珍貴的魔粉圍繞在身旁,速度也愈來愈快,變成超級魔法漩風隕球,也不知會又到哪一個時空旅行,是生是死無人知曉。

這六隻偉大精神的蝴蝶們在死亡前，腦海裡浮現過去與老婦人在庭園快樂幸福生活的點點滴滴，回憶一幕幕地映過眼前，在生命盡數前，他們卻在另一時空見到延續的新生命——小毛蟲卵！

這些卵經過時間的淬鍊再次變成可愛的小毛蟲，不只是回歸最純粹的一刻，隱約見到另一個皇宮的庭園，陽光空氣和水似乎沒有太大的改變，只是……

這景象是虛幻夢境還是真實的一切？

無論如何，人類和自然界生物都相同，從生老病死裡學著，再怎麼追求權利、金錢、慾望，最終都要回到初衷——最真的心！

# 後記

一本創作作品，絕對不是一人能獨立完成，對於背後
許多默默付出的朋友們，最滿懷感謝及值得嘉許。
《毛蟲怪奇幻冒險旅程三部曲》終於在怡薰愉悅地天
馬行空想像寫作下完成，Joanna 庭聽著詩歌，不斷地
與神禱告中，創造出那一幅幅的聖靈美作；更感恩白
象出版社所有同仁的協助及支持，特別是主編
Waiting 專業細心又超用心地幫忙完成一次又一次的
校稿、潤稿及編排，還有徐姐耐心地回應我們這些菜
鳥不斷的叨擾及詢問，要和白象幕後工作人員及窗想
行銷團隊說聲：辛苦了！皇吟感激之情溢於言表！
Garden Friends 工作室，在原創《毛蟲怪奇幻冒險旅
程三部曲》後，仍會秉持初衷、正直、誠信、敬業信
念堅守專業崗位，用喜樂心來服務、喜悅心於工作崗
位，盡心盡力盡性在每一作品上
更期盼這許多原創故事能啟發喜歡創作的您，也能啟
發每一個獨一無二的藝術想像無限空間；希望 Garden
friends 工作室新創出的繪圖書籍，能讓大家勇於追
夢，築夢踏實。

Garden Friends 工作室
皇吟　薰　Joanna 庭　致謝

國家圖書館出版品預行編目資料

毛蟲怪奇幻冒險旅程 第三部曲 未來城市／陳
怡薰文；Joanna Hsu 圖 --初版.--臺中市：白象
文化事業有限公司，2022.03
　　面； 公分
　ISBN 978-626-7056-84-4（平裝）

863.596　　　　　　　　　　　110020635

# 毛蟲怪奇幻冒險旅程
# 第三部曲 未來城市

作　　者　陳怡薰
插　　畫　Joanna Hsu
發 行 人　張輝潭
出版發行　白象文化事業有限公司
　　　　　412台中市大里區科技路1號8樓之2（台中軟體園區）
　　　　　出版專線：（04）2496-5995　　傳真：（04）2496-9901
　　　　　401台中市東區和平街228巷44號（經銷部）
　　　　　購書專線：（04）2220-8589　　傳真：（04）2220-8505
專案主編　陳媁婷
出版編印　林榮威、陳逸儒、黃麗穎、水邊、陳媁婷、李婕
設計創意　張禮南、何佳諠
經銷推廣　李莉吟、莊博亞、劉育姍、李如玉
經紀企劃　張輝潭、徐錦淳、廖書湘、黃姿虹
營運管理　林金郎、曾千熏
印　　刷　基盛印刷工場
初版一刷　2022 年 03 月
定　　價　380 元

白象文化　印書小舖 PressStore 出版經銷發行　出版・經銷・宣傳・設計
www.ElephantWhite.com.tw　自費出版的領導者　購書 白象文化生活館